ATRIUM

ERICH KÄSTNER, 1899 IN DRESDEN GEBOREN, IST BIS HEUTE EINER DER MEISTGELESENEN UND BELIEBTESTEN DEUTSCHEN AUTOREN. NACH DER MACHTÜBERNAHME DER NATIONALSOZIALISTEN WURDEN SEINE BÜCHER VERBRANNT, SEIN WERK ERSCHIEN NUNMEHR IN DER SCHWEIZ IM ATRIUM VERLAG. FÜR SEINE BÜCHER WURDE ER MIT ZAHLREICHEN PREISEN AUSGEZEICHNET, DARUNTER DER HANS-CHRISTIAN-ANDERSEN-PREIS UND DER GEORG-BÜCHNER-PREIS. ERICH KÄSTNER STARB 1974 IN MÜNCHEN.

ISABEL KREITZ, GEBOREN 1967, GEHÖRT ZU DEUTSCHLANDS BESTEN COMICZEICHNERN. NACH DEM STUDIUM AN DER FH FÜR GESTALTUNG IN HAMBURG UND DER PARSONS THE NEW SCHOOL FOR DESIGN IN NEW YORK VERÖFFENTLICHTE SIE ZAHLREICHE COMICALBEN UND -HEFTE. BEREITS 1997 WURDE SIE MIT DEM DEUTSCHEN COMIC-PREIS AUSGEZEICHNET.
AUSSERDEM HAT SICH ISABEL KREITZ MIT LITERATUR-ADAPTIONEN EINEN NAMEN GEMACHT. ALS GROSSER WALTER-TRIER-FAN HAT SIE MITTLERWEILE VIER GESCHICHTEN VON ERICH KÄSTNER IN EINEN COMIC UMGESETZT: *DER 35. MAI*, *PÜNKTCHEN UND ANTON*, *EMIL UND DIE DETEKTIVE* SOWIE *DAS DOPPELTE LOTTCHEN*.
DER 35. MAI WURDE 2008 MIT DEM MAX-UND-MORITZ-PREIS AUSGEZEICHNET. AUSSERDEM ERHIELT ISABEL KREITZ 2012 DEN MAX-UND-MORITZ-PREIS ALS BESTE DEUTSCHSPRACHIGE COMIC-KÜNSTLERIN.

ERICH KÄSTNER

Das doppelte Lottchen

EIN COMIC VON ISABEL KREITZ

ATRIUM VERLAG · ZÜRICH

FÜR BRIGITTE UND SIBYLLE

NEUAUSGABE
3. AUFLAGE 2024
© ATRIUM VERLAG AG, ZÜRICH, 2018
(IMPRINT ATRIUM KINDERBUCH)
ALLE RECHTE VORBEHALTEN. DER VERLAG UNTERSAGT
OHNE AUSDRÜCKLICHE SCHRIFTLICHE ZUSTIMMUNG
DIE NUTZUNG DIESES WERKES IM SINNE DES §44B URHG
FÜR DAS TEXT- UND DATA-MINING.
BUCHEINBAND UND LETTERING VON ISABEL KREITZ
DRUCK UND BINDUNG: LIVONIA PRINT, RIGA, LETTLAND
PRINTED IN LATVIA
ISBN 978-3-85535-622-5
WWW.ATRIUM-KINDERBUCH.COM
WWW.INSTAGRAM.COM/ATRIUM_KINDERBUCH_VERLAG
GPSR-KONTAKT: W1-VERLAGE GMBH,
SEMPERSTRASSE 24, 22303 HAMBURG, GPSR@W1-VERLAGE.DE

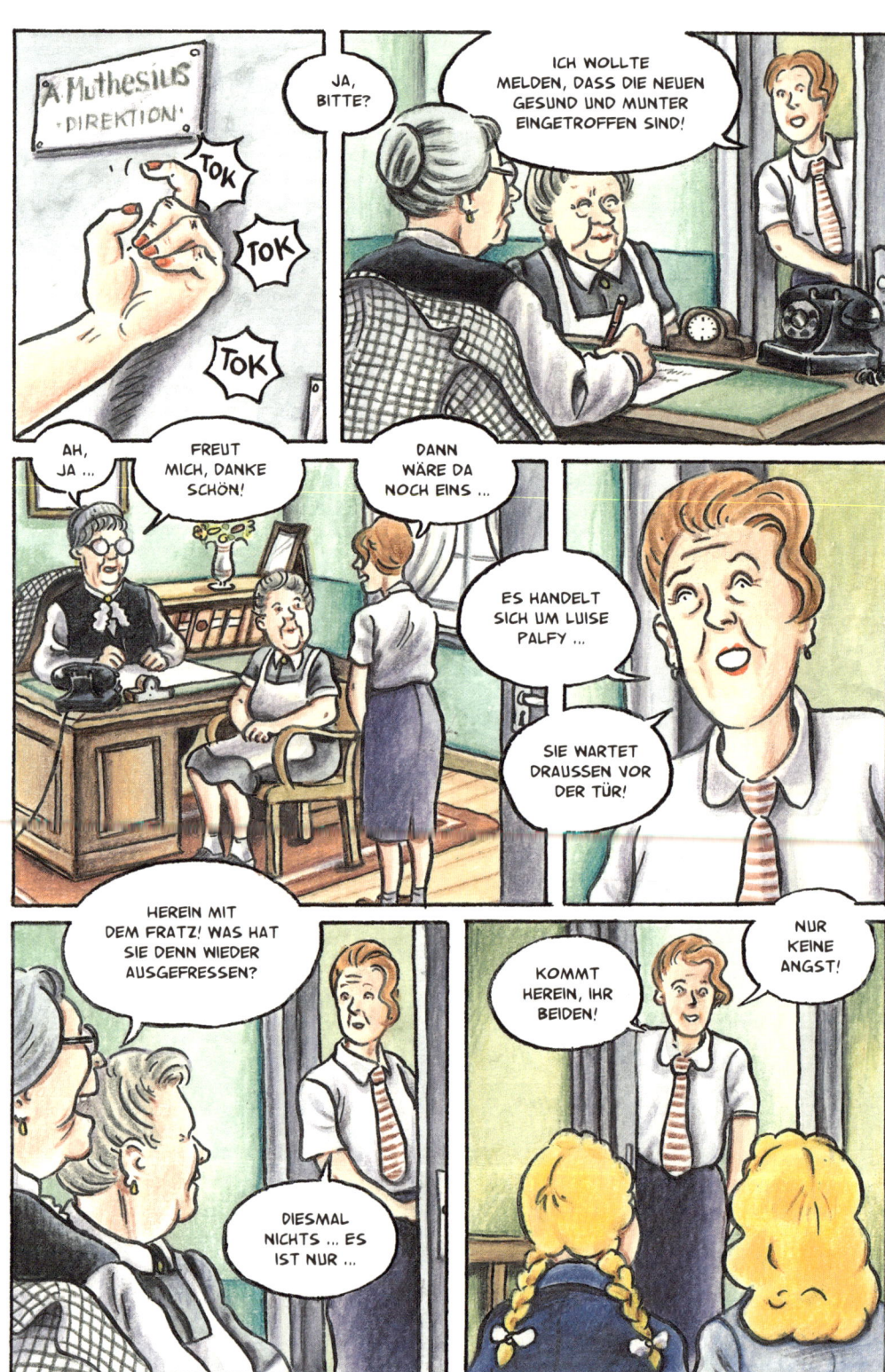

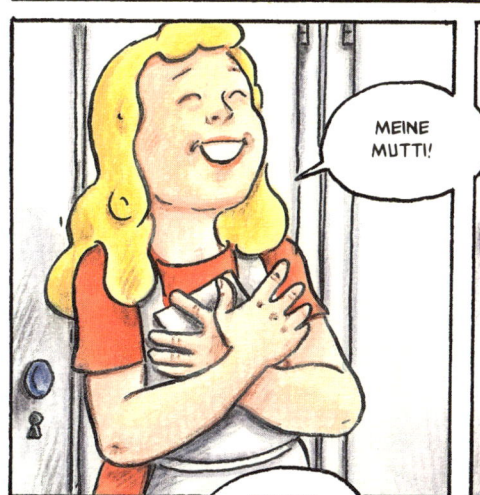

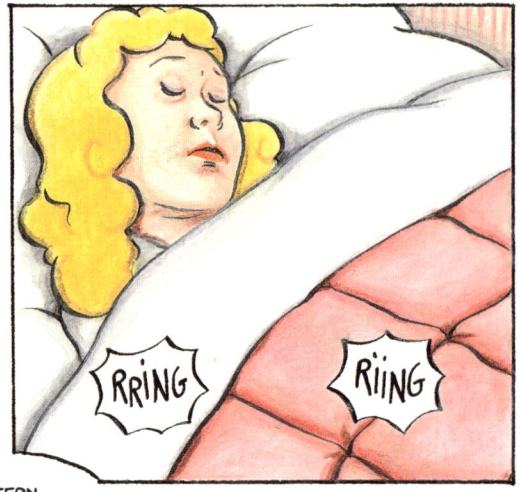